AF229313

TRADUCTION
DU
PARALELLE DE
LOUIS
LE GRAND.
OU
L'ABREGE' DES GRANDS

DE'DIE' A MONSEIGNEVR
LE DAUPHIN.

Par Monsieur DE SAINTE CROIX
CHARPY.

AU HAVRE DE GRACE.

Chez JACQUES GRUCHET,
Imprimeur & Libraire de Monseigneur
le Duc de S. Aignan, & de la Ville.

M. DC. LXXXVI.

A MONSEIGNEUR,

MONSEIGNEVR

LE DAUPHIN.

ONSEIGNEVR,

VOVS aurés bien toſt connu ce qui a fait
donner ce Nom de GRAND à ces huit Princes, dont le neufviéme eſt l'Abregé, ſi vous jet-
tés les yeux ſur celuy à qui vous devés la Vie,

vous verrés en luy reunies toutes les qualités, qui separées ont autant elevé sur le reste des hommes ceux qui les possedoient, que le rang qu'ils tenoient dans le monde les elevoit au dessus des conditions ordinaires. Vous trouverez en luy la Valeur d'Alexandre, la Prudence d'Antiochus, la Reputation de Pompée, le Zele de Constantin pour la Religion, la Moderation de Theodose, l'Amour que Charlemagne avoit pour les Lettres, la Constance qu'Othon premier fit paroistre pour ses Amis, la Douceur d'Henry IV. Mais ce que vous trouverez, MONSEIL-GNEUR dans le Roy vôtre Pere, & qu'on n'a jamais trouvé dans la vie d'aucun autre GRAND c'est que la Terreur de ses Armes, & l'asseurance qu'on a de sa Iustice, ont tellement étonné & charmé ses Ennemis, qu'ils l'ont choisi pour souverain Arbitre de leurs Interests, & qu'ils ont étably plus de Gloire à rentrer dans ses bonnes Graces qu'à se conserver des Provinces acquises par leurs Armes. C'est ainsi qu'il est veritablement VAINQUEUR & CON-QUERANT en triomphant des cœurs; C'est en quoy vous estes déja parfaitement, MON-SEIGNEUR, son Heritier & son Imitateur

puisque vous voir & se donner à vous, est une
mesme chose. C'est ce que sent beaucoup mieux
que ne le sçauroit expliquer celuy qui est avec
un tres - profond respect,

MONSEIGNEUR,

Vôtre tres-humble & tres-obeïs-
sant Serviteur, L. De Sainte
Croix Charpy.

ALEXANDER.

MAGNUS, Quod totum Orbem, fulminis inftar;

Luftrando terruerit,
Protritis omnibus quæ obftiterant.
Vltra Mundi fines
(Cum non poffet arma) ambitionem extendens.

ANTIOCHVS.

MAGNUS, Quod multos Principes Paternum Regnum

Affectantes,
Prudenter dividens, fortiter excufferit,
Et de Ægiptijs plures Victorias reportarit.

POMPEIVS.

MAGNUS, Quod Romanis Aquilis,
Vel ignotas nomine Regiones,
Aperuerit,
Extremafque Terras,
Vel Terrore domitas invenerit, vel domuerit territas.

ALEXANDRE.

GRAND, *pour avoir réduit tout le Monde en*
    ſes fers ;
    Et le peſant au poids de ſon propre merite
    Avoir crû pour ſon cœur la Terre trop petite
    Et pouſſé ſes deſirs plus loin que l'Vnivers.

ANTIOCHUS.

GRAND, *pour avoir ſauvé le Sçeptre de ſon*
    Pere,
    En l'arrachant des mains de ſes fiers
    Ennemis,
    Prudemment diviſés, & vaillam-
    ment ſoûmis,
    Iuſqu'à voir à ſes pieds l'Egipte tri-
    butaire.

POMPE'E.

GRAND, *pour avoir rangé cent Peuples ſous*
    ſa main
    Au ſeul bruit de ſa Renommée ;
    Et pour avoir plus fait pour l'Empi-
    re Romain
    Par ſon Nom que par ſon Armée.

CONSTANTINVS.

MAGNUS, Quod Christo Regi Regum
    Se suumque submiserit Imperium
    Externo Ecclesiæ hoste represso
Internum crudeliùs grassantem, vt ex-
    scinderet
    Nil intentatum reliquit.

THEODOSIVS.

MAGNUS, Quod Orbem pacatum feli-
    cemque reddiderit,
      Mirum ?
    Tantum Bellatorem, tam bello
    aversum
    Vt suæ gloriæ multum detraxerit
    Ne quid publicæ Paci detraheret

CAROLVS.

MAGNUS, Vir dignus, per quem Gallia
    Ad summum gloriæ cumulum per-
    ueniret.
    Sic arma litteris connectens
    Vt ex Armis Litteræ tutamen,
Et ex Litteris, Arma decorem sumerent
    Et ita
Inter Arma & Litteras (quibus imperium
    debuit)
    Imperium divisit.

CONSTANTIN.

GRAND, *pour avoir détruit les Dieux du*
Paganifme,
Et dans tous ces Etats fait regner
JESUS-CHRIST.   (nifme,
Heureux ! fi declaré contre l'Arria-
Il l'avoit étoufé, fi toft qu'il l'entreprit.

THEODOSE.

GRAND, *Pour avoir rendu tout l'Vnivers*
heureux ,
Et malgré fon bras genereux
Remporté fur fon cœur cette Illuftre
Victoire,
De preferer l'Olive à fes Lauriers,
Et par une vertu digne des Grands
Guerriers   (pre Gloire.
Donner au bien public plus qu'à fa pro-

CHARLEMAGNE.

GRAND, *Pour avoir acquis l'Empire des Cefars ;*
Rapellé dans fa Cour les Mufes & leurs char-
mes,
Pour avoir rétably les Loix & les beaux Arts,
Et d'un facré lien joint les Lettres aux Armes.
Il en fût le Maître & l'Apuy ;
Et comme il leur devoit fa Gloire & fa Puif-
fance,
Et la Valeur, & la Science
Qui le faifoit regner, regnerent avec luy.

B b

OTHO I.

MAGNUS, Quod seditiosos compescuerit,
Germaniam pacarit,
Regnum Italiæ penitus deleverit.
Parta tandem Pace,
Æternæ avidus Gloriæ,
Perituræ (dum viveret) terminos præf-
cripsit.

HENRICVS IV.

MAGNUS, Non tantum aliorum sed &
sui Victor.
Hostes habuit quos vinceret
Et victis parceret.
Regnum, sibi jure debitum, armis suum fecit,
Subditos amavit ut filios
Ab illis amatus ut Pater.

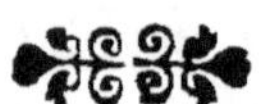

OTHON I.

GRAND, *pour avoir chaſſé les Tyrans d'Italie,*
    Dompté des Furieux, forcé des Ob-
    ſtinés.
    Pour avoir ſaintement tous ces deſirs
    bornés,
    Avant que d'arriver au terme de ſa
    vie.

HENRY IV.

GRAND, *pour avoir conquis un Sçeptre ſur*
    la Terre,
    Que par droit de naiſſance on devoit
    luy donner,
    Et pour avoir tiré ce plaiſir de la Guerre
    De pouvoir vaincre & pardonner.
    Il eut pour ſes Sujets une tendreſſe
    extréme,
    Il s'en croyoit le Pere, auſſi bien que
    l'Appuy.
    Et chacun d'eux l'aimant de méme,
    Croyoit avoir un Pere en luy.

LUDOVICUS XIV.

MAGNVS,

MAGNORUM MAXIMUS.

Fortitudo Alexandri.

Non Inermes, aut ignotos Terrarum Incolas
Sed Germanos, Hiſpanos, Batavos,
Armis, Numero, Divitiis,
Terra Marique Potentes
Devicit, Profligavit, Contrivit.

Prudentia Antiochi.

Fortunæ, pauca,
Prudentiæ ferè omnia committens
Et licet Oculatiſſimos, Prudentiſſimos,
Et omni exceptione, Majores, Adminiſtro
In Conſilium admittat
Solus, tamen, adminiſtrando Regno, pluſ
quam par eſt.

LOUIS XIV.

Entre tant de GRANDS differans,
Nous voyons le plus GRAND, dans le Siecle
où nous sommes,
LOUIS paſſe les autres GRANDS,
Comme ils paſſoient les autres Hommes.

Valeur d'Alexandre.

Ce n'eſt point contre des Sauvages,
Ny contre des Gens déſarmez,
Que ces vaillans Soldats par luy même animez,
Au péril de leur ſang ont eu cent avantages.
Son bras s'eſt fait ſentir à des Peuples Guerriers,
Tres puiſſans par leurs Forts, leurs Troupes,
leurs Richeſſes.
Il a battu leurs Gens & pris leurs Fortereſſes,
Et leurs Terres, pour luy n'ont eu que des Lauriers.

Prudence d'Antiochus.

La Fortune le ſuit avec un ſoin extrême,
Elle luy donne tout, il ne luy donne rien;
Et ſon Conſeil reconnoit bien, (même.
Que ce qu'il fait de mieux, il le fait de luy
Ce n'eſt pas qu'il ne ſoit tres ſouvent aſſiſté
Par de tres grands Eſprits clairvoyans & ſinceres
Mais ils ne luy ſont neceſſaires,
Qu'autant qu'il s'acommode à leur fidelité,
Et ſouffre que leur Zele eclate en ſes affaires.

Fama Pompeij.

Tantum inter Hostes,
Virtutis authoritate,
Et æquitatis fama, crevit.
Vt illum,
Controversiarum suarum,
Etiam & Gloriæ suæ,
Summum Arbitrum legerint.
Adeò, Pax Potentior Bello, facta est.
Vicinos Hostes, Armis,
Remotos, Terrore prostravit.

Zelus Constantini pro Religione.

Non solum Juris sui, sed & Ecclesiæ
Defensor
Religionis Cultor.
Solidæ pietatis Protector, fucatæ Destructor.

Moderatio Theodosij.

Quærentibus Pacem concessit,
Nolentibus imperavit,
Victorias suas contrahens,
Ne nimium tranquillitati publicæ detra-
heret.

Reputation de Pompée.

Ses plus fiers Ennemis aprouvent ses desseins,
Et mettent librement leur sort entre ses mains,
Quand il quite l'Epée, & qu'il prend la Balance ;
Et par luy nous voyons ce qu'on ne vît jamais,
Qu'encor qu'on ait partout fléchi sous sa Puissance
La Guerre a moins forcé d'Ennemis que la Paix.

Zele Chrestien de Constantin.

En soûtenant ses Droits d'une force indomtable
Il défend ceux de Dieu d'un courage indomté,
Ne méprisant pas moins la fausse Pieté
     Qu'il estime la veritable.

Moderation de Theodose.

Il accorde la Paix à qui la veut avoir,
Et son Authorité non moins juste que grande,
Aux Princes obstinés fait craindre son Pouvoir,
     Il la propose & la commande.
Et luy méme a besoin de toute sa Vertu,
Pour sortir tout à coup des bras de la Victoire,
Et vouloir par la Paix acquerir une Gloire,
Plus douce que l'Honneur que la Victoire eût eu.

In *Musas* studium Caroli Magni.

Inter strepitum Armorum,
Nobilioribus Artibus favit,
Quas & Beneficiis fovit.
Sic Musarum amans,
Vt omnes in Academiis suis congregarit
Sic dignoscens,
Vt singulas pro meritis coronarit.

Constantia Othonis I. pro Amicis.

Socios Belli.
In Societatem gloriæ vocatos,
Constanter in integrum restitu
voluit,
Et Principibus, quorum intererat
LUDOVICUM placasse satis fui
Satiùs illi placuisse.

Humanitas Henrici IV.

In accessu Facilem,
In Verbis Humanum,
In Præceptis Iustum,
In Omnibus
Plusquàm Imperio Dignum,
Cuncti mirantur.

Amour des Lettres de Charlemagne.

Il sçait qu'il est brillant de l'une & l'autre Gloire,
  Et comme Triomphant, & comme Moderé;
  Mais que contre le temps on n'est point assuré,
  Qu'autant qu'on est chery des Filles de Memoire,
  C'est ce qui le remplit de nobles Sentimens
    Pour les Muses & leurs Amans.
  Par ses Soins, par ses Biens, Elles sont reünies
    Dans ces grandes Academies,
  D'où les Productions des plus rares Esprits
    Tirent leur estime & leur prix.

Fermeté pour ses Amis. d'Othon I.

Mais comme dans la Guerre il a soin du Parnasse,
  Au milieu du repos qu'il goûte dans la Paix,
  Il veut voir ses Amis contens & satisfaits
  Et qu'on leur rende tout jusqu'à la moindre Place;
  C'est par là qu'on a vû rendre à ses Alliés,
    Des Forts & des Provinces,
  Par deux Grands & genereux Princes;
  Comme si de leurs Droits ils s'estoient oubliés
  Chacun reconnoissant que sa plus grande affaire
  Est d'arrester son Bras, & de pouvoir luy plaire.

Douceur d'Henry IV.

Quoy que son Air soit fier, son Entretien est doux,
  On aproche aisement de sa Personne Auguste,
Ce qu'il Dit, ce qu'il Veut, ce qu'il Ordonne est juste;
  Il monstre tellement estre au dessus de tous
    Qu'il suffit de le voir, pour dire,
    Qu'il mérite plus d'un Empire.
        C c

OMNIVM   COMPENDIVM

LUDOVICUS XIV.

Ad Opprobrium & Gloriam Regum,
Regijs Virtutibus MAGNUS,
Sed Proprijs MAJOR ;
Quibus omnium Vota, Sceptrum deferrent,
Si Natura, Meritum, votaque non ante-
vertiſſet.

Verè MAXIMUS LUDOVICUS,
Cui Omnes MAGNI cedant.
Qui Famâ, Victoriis, & Virtutibus,
Nomen meruit, Implevit, Superavit.

FINIS.

L'ABREGE' DE TOUS

LOUIS XIV.

LOUIS *eſt, pour la Honte & la Gloire des*
Roys,
Moins GRAND *par les vertus propres à la*
Couronne
Que par celles de ſa Perſonne,
Qui l'auroient fait choiſir pour nous donner des
Loix,
Si la Nature en luy n'euſt prevenu le choix.

Que tous les GRANDS *dont parlent les*
Hiſtoires,
Renonçant à ce NOM, *ſe confeſſent vaincus;*
LOUIS *l'a dignement remply par ſes Vi-*
ctoires,
Et ſurpaſſé par ſes Vertus.

F I N.